Carl Winderlich

Die Sagen der Stadt Görlitz

SALZWASSER
VERLAG

Carl Winderlich

Die Sagen der Stadt Görlitz

1. Auflage 2011 | ISBN: 978-3-8460-0188-2

Erscheinungsort: Paderborn, Deutschland

Reprint des Originals von 1926.

Die Sagen der Stadt Görlitz

und ihrer Umgebung

Neubearbeitet
nach dem Sagenbuch von Karl Haupt
von

Carl Winderlich
Dr. phil. Oberstudiendirektor

Verlag
Antiquariats-Buchhandlung G. Bäsold
Görlitz, Moltkestraße 12
1926

Vorwort.

Da Haupts Sagenbuch zu umfangreich und selten, und Werners Auszug daraus vergriffen ist, dürfte diese Zusammenstellung aus beiden und anderen Quellen – gedruckten wie mündlichen – denen willkommen sein, die für die Sagen unserer Stadt und Umgegend Interesse haben.

Die Gründung der Stadt.

1. An der Stelle der jetzigen Stadt lag zuerst ein uralter Eichenwald. In diesem heiligen Hain beteten die alten Deutschen (Sueven) ihren Gott Schwabus (Suevus) an. An diesen Hain erinnert noch der Name Hainwald, einer Gasse nahe der Peterskirche. Doch wird der Name auch von Han (d. h. Schenke) abgeleitet. Die Gasse steht auf der Stelle einer altgermanischen Opferstätte, die gen Osten auf dem steilen Felsen über der Neiße lag. Die Neißstraße führte von alters her zu einer Furt durch den Fluß; sie ist bis in die Neuzeit ein Heer- und Handelsweg von Westdeutschland nach den Ostländern gewesen. Als die Deutschen aus unsrer Gegend nach Westen abwanderten, und die Wenden von Osten her nachrückten, legten diese ein Dorf an, wo jetzt die Nikolaivorstadt steht. Auf dem Flecke der heutigen Strafanstalt ließ Herzog Sobieslaus der Ältere von Böhmen ein Festungswerk aus Baumstämmen errichten, das „Drebnow" (Holzburg) genannt wurde. Dieses und das Dorf wurden 1131 angeblich von den auf der Landeskrone seßhaften Sachsen durch Feuer zerstört. Die Abgebrannten meldeten dem Herzog das Unglück mit den wendischen

Worten „Zgorzilo je szo Drewno", d. h. „Verbrannt ist deine Holzburg". Sobieslaus ersetzte die hölzernen Gebäude durch steinerne und gab dem aus Brandschutt schöner wiederhergestellten Ort zum Andenken den neuen Namen „Zgorzelize" (Brandstätte), woraus „Görlitz" entstand. Der Name der Stadt in Polen Gorlice bedeutet „Bergstadt". Die wachsende Stadt wurde ummauert; sie bedeckte in ihrer ältesten Ausdehnung den Raum zwischen Nikolaitor, Plattnergasse, Brüderstraße, Webertor, Neißetor, einschließlich des Peterskirchhügels als Burg. Von Sobieslaus soll auch der älteste Teil dieser Kirche, die Felsenkapelle des heiligen Georg, angelegt worden sein.

2. Etwa im 10. Jahrhundert n. Chr. kam ein christlicher Ritter namens Tachow, wohl aus Tachau in Böhmen, in die Gegend des heutigen Görlitz, die damals noch dichter Wald bedeckte. Sie gefiel ihm so, daß er sich seßhaft machte. Um seinen Hof ließen sich andere Ansiedler nieder, und bald wurde auch eine kleine Kirche am Fuße des heutigen Friedhofshügels gebaut, die dem heiligen Nikolaus geweiht war. Von jenem Ritter erhielt auch das Dorf seinen Namen Tachow. Dieses zusammen mit Drebnow bildet den ältesten Kern der Stadt.

3. Geschichtlich ist, daß ein deutscher Ritter Ozer, der „beim Dorf Görlitz", zwischen Klingewalde und Ebersbach ein Gut als kaiserliches Lehen besaß, dieses 1071 durch kaiserlichen Spruch verlor, der es dem Bistum Meißen übertrug; es bildete dann die Pfarrwidemut der Nikolaikirche.

4. Um dieselbe Zeit wurden auch die Rittersitze Creolsdorf, Salmansdorf, Kunztensdorf gegründet, die in den Namen der Kröl-, Salomon- und Konsulstraße noch fortleben. Auch ein Rittergeschlecht von Cale hat einer Straße seinen Namen (Kahle) hinterlassen.

Die Kirchen.

1. Die erste christliche Kirche der Oberlausitz, deren Sprengel alle Ortschaften der Görlitzer Haide umfaßte, wurde durch Kyrill und Method in Jauernik (Ahornort) gegründet, und von dortaus die Peterskirche in Drebnow-Tachow (Görlitz). Als Gründer der ersten christlichen Kirche in Görlitz wird auch von einer wendischen Chronik das Rittergeschlecht von Skopp genannt.

2. Als Gründer der Nikolaikirche in ihrer ältesten Gestalt wird der Ritter von Tachow angesehen.

3. Der älteste Teil der Peterskirche, die Sankt-Georgskapelle, wird dem Herzog Sobieslaus dem Älteren als Stifter zugeschrieben. Jedoch wurde sie erst 1423 begonnen. Sie diente während des Ausbaus der Kirche nach Osten bis 1457 als Ersatzkirche. In ihr wurde 1525 zum ersten Mal das heilige Abendmahl nach evangelischer Weise gefeiert. Von 1547 bis 1734 war sie geschlossen. Damals wiederhergestellt, wurde sie nur noch am Sankt Georgstage (23. April) benutzt.

4. Der älteste Bau der Peterskirche geht auf Kyrillus, Bischof von Olmütz, den Slawenapostel, zurück, der 844 den Tschechenherzog Borzivoy bekehrte und taufte. Sein Mitapostel Methodius hat einige Zeit an der Kirche gewirkt.

5. An der Ostseite der Kirche, etwa über der Außentür der Georgskapelle befindet sich das steinerne Bild eines Mannes mit gekreuzten Beinen und Händen. Es stellt einen Zimmermann dar, der beim Bau der Kirche vom Dache fiel, aber noch im Sturze so besonnen und geschickt war, die Axt in einen Balken zu hauen, und sich daran festzuhalten, bis er gerettet wurde.

Nach anderem Bericht ist er jedoch abgestürzt, da die Axt sich gelockert hatte. Die Stelle seines Aufpralls auf die Erde wird durch ein Kreuz im Pflaster etwas entfernt von der Mauer bezeichnet.

Wahrscheinlich ist die Sage erst zu dem viel älteren Gebilde hinzuerfunden worden, das einen Regenwasserspeier vorstellt. Der Absturz eines Handwerkers vom Kirchendache auf die bekreuzte Stelle erfolgte erst 1776. Grab und Denkstein des Verunglückten befinden sich noch an der Ostseite der Nikolaikirche.

6. An der Südseite der Peterskirche liegt die Tür der „Tetzelskammer", eines kleinen Raumes, in dem der Ablaßhändler seine „Butterbriefe" verkaufte, d. h. kirchliche Erlaubnisscheine, in Fastenzeiten fetthaltige Speisen zu genießen. Ein Kopf an der Mauer des Eckhauses Peterskirchplatz-Hainwald stellt Tetzel selbst dar.

Die Anwesenheit Tetzels in Görlitz 1509 dauerte etwa neun Monate. Seine Kunden waren nach Haß' Annalen überwiegend alte Frauen. Einen Teil seiner Einnahmen stiftete er zur Neubedachung der Kirche.

7. Auf der Treppe der Peterskirche findet manchmal jemand ein Schächtelchen, in dem ein Dukaten liegt. Hebt man es auf und öffnet es am folgenden Tage, so entdeckt man zwei Dukaten, am nächsten Tage drei Dukaten. Man besitzt also einen Heckdukaten, verfällt aber damit dem Teufel, wenn man den Fund nicht wieder zurückträgt.

8. Im Jahre 1555 fand man vor dem Gottesdienst die Peterskirche so mit Rauch gefüllt, daß man glaubte, sie brenne. Es wurde aber kein Feuer entdeckt. Man hielt das für ein Werk des Teufels, um die Predigt zu verhindern.

9. Die Erbauung der Jakobskirche (heute Hospitalstraße Nr. 1) steht mit der Erzählung im Zusammenhange, nach der im Anfang des 15. Jahrhunderts ein reicher Görlitzer Bürger, namens Jakob (Frenzel), vor dem Frauentor enthauptet wurde,

nachdem er einen Teil seines Vermögens als Sühne seines Verbrechens zum Bau einer Kirche an der Stelle bestimmt hatte, wo seine Seele vom Leibe scheiden würde. Da aber der Richtplatz für ein Gotteshaus nicht als geeignet erachtet würde, bestimmte er, daß zwei Männer seinen geköpften Rumpf mit einem Rasenstück bedecken und ihn, unter die Arme gefaßt, soweit führen sollten, wie er noch laufen könne. An der Stelle, wo er bewegungslos wurde, erstand dann die frühere Jakobskirche. Ein Altartuch zeigte den Enthaupteten mit dem Rasenstück statt des Kopfes und seinen beiden Führern noch in Weberei; das durch das Blut verhärtete Rasenstück wurde in der Sakristei aufbewahrt; ein Steinbild zeigte auch die Witwe des Gerichteten mit ihren beiden Kindern.

Die Kapellen.

1. Georg Emmerich hat das heilige Grab aus folgendem Anlaß gegründet. Er war der Sohn des Bürgermeisters gleichen Namens, eines sehr begüterten Mannes, der seinen Erben und wahrscheinlichen Amtsnachfolger auf weiten Reisen Bildung erwerben ließ. Der schöne junge Patrizier wurde ein Liebling der Töchter der Stadt, deren eine, Benigna Horschel, sich von ihm betören ließ. Daraufhin verlangte ihr Vater, der Tuchmachermeister Nickel Horschel, unterstützt von seiner Zunft, daß Georg Benigna heirate. Emmerich lehnte diese Sühne ab und unterzog sich nur 1465 einer Wallfahrt nach Jerusalem, von der er als Ritter des heiligen Grabes zurückkehrte. Auf dieser Pilgerfahrt wurde er von einem Mönch begleitet, der sich als eine junge, schöne und reiche Görlitzer Witwe Agnete Fingerin entpuppte, die ihn im Stillen liebte. In Jerusalem fand er die Örtlichkeit des heiligen Grabes der am Südabhange des heutigen Friedhofes so ähnlich, daß er beschloß, eine Nachbildung jenes Baues, wie er damals aussah, hier zu errichten. Auf eine zweite Reise nach dem

heiligen Lande (1476) nahm er einen Baumeister und einen Maler mit, die genaue Pläne und Bilder des heiligen Gebäudes aufnehmen mußten. So entstand der Bau in seiner heutigen Gestalt. Die Kosten machten ihm keine Sorge, denn er besaß die Stadt Schönberg, siebzehn Nachbardörfer mit zahlreichen Rittergütern, und in der Stadt selbst sieben Häuser, zudem hielt man ihn für einen Goldmacher. Luther nannte ihn den König von Görlitz.

Im Gegensatz zu seiner leichtfertigen Jugendzeit war er als Bürgermeister sehr streng; so soll er einen Mann haben hinrichten lassen, der, in einen umgekehrten Pelz vermummt, in eine öffentliche Badestube eingedrungen war, um dort seine Frau und seine Kinder zu erschrecken; auch habe er seinen Gärtner wollen hängen lassen, weil er Fallobst weggegessen hatte.

2. Mit der Geschichte der **Benigna Horschel** steht auch die sogenannte Pulververschwörung (1467) im Zusammenhange, zu der sich Horschels Freunde Schleife, Lauterbach, Utmann, Ermelreich u. a. vereinigt hatten, um den Rat mit Hilfe des Böhmenkönigs Georg Podjebrad und des Herzogs Hans von Sagan zu stürzen. Brandstiftungen durch Pulverexplosionen sollten diesen das Zeichen geben, sich der Stadt zu bemächtigen. Der Anschlag wurde durch Verrat vereitelt; die Schuldigen wurden auf Betreiben des Stadtschreibers Johann Frauenburg hingerichtet. (Der Vorgang ist, von C. Winderlich dramatisiert, und 1925 aufgeführt worden.

3. An **Agnete Fingerin** erinnerte bis 1563 das sogenannte Agnetenbrot, eine Sühnestiftung für die Armen. — Es ist aber erwiesen, das die Stifterin den Georg Emmerich erst auf seiner zweiten Reise (wahrscheinlich seiner einzigen), und zwar nicht in Verkleidung, begleitete.

4. Eine ehemalige Kapelle in der weiland Galgengasse verdankte ihre Stiftung gleichfalls dem Georg Emmerich. Als dieser aus dem heiligen Lande zurück-

kehrte, sandte er von Dresden aus zwei Diener nach Görlitz vorweg, die hier alles zu seinem Empfang vorbereiten sollten. Einer der beiden geriet mit dem andern, der die Wertsachen seines Herrn trug, unterwegs wegen dieser in Streit, wurde aber von diesem in die Flucht gejagt. Während jener auf die Stadt zuritt, fügte er sich blutige Schrammen zu, zum Beweise dafür, daß der andre Diener sie ihm zugefügt habe, als er selbst seinen Herrn gegen diesen verteidigt habe; dieser aber habe Emmerich getötet und beraubt; ihm selbst sei es gelungen, sich vor ihm hierher zu retten. Der angeblich räuberisch-mörderische Diener wurde alsbald aufgegriffen, und, da er sich über den rechtmäßigen Besitz der Wertsachen nicht ausweisen konnte, auf die Anklage des Verleumders hin zum Galgen verurteilt. Während er auf dem Richtplatze vor dem Nikolaitor unter dem Galgen stand, und die Totenglocke erklang, näherte sich Georg Emmerich der Stadt und erfuhr von Leuten, was vorgehe. Er sprengte auf die Stadt zu, aber dicht vor ihr brach sein Pferd nieder. Schneller aber als er eilte die Kunde, er lebe, ihm an die Richtstätte voraus, wo das Urteil noch nicht vollstreckt war. Dieses wurde nun an dem falschen Ankläger dafür vollzogen, daß er einen Unschuldigen beinahe zum Tode gebracht hatte. Emmerich aber ließ an der Stelle, wo sein Pferd zusammengestürzt war, seinem Namenspatron eine Kapelle errichten und den Vorgang selbst malen. Das Bild hat bis ins vorige Jahrhundert in der Klosterkirche gehängt. Die Kapelle selbst besteht nur noch in einem Mauerstück des Hauses Felsenburg an der Rothenburger Straße.

Ein andrer Bericht verknüpft die Sage mit dem Denkstein am „Weinberg". Ein dritter nennt dafür die Kapelle über der Goldgrube und bringt sie mit einem anderen Totschlag in Beziehung. Jedenfalls war sie eine Sühnestiftung.

5. Die Sankt Barbarakapelle der Klosterkirche (Oberkirche) weist an der Decke Steinbilder auf, die zwei Musiker, eine bekränzte Frau und einen Manneskopf darstellen, in dessen Munde ein Quargkäse steckt.

Der Volksmund hat dieser rätselhaften Darstellung die Deutung untergelegt, daß einmal vor Zeiten eine fröhliche Schar mit Musik die Landeskrone erstiegen habe, wobei ein Mann wettete, er könne im Steigen drei Quargkäse verspeisen. Am dritten sei er erstickt. Diese Herausforderung der Unvernunft sei an der Kapellendecke dargestellt. Vielleicht liegt eine sogenannte Hostienprobe zugrunde.

Die Straßen.

1. Die Verrätergasse hat ihren Namen von den vier Buchstaben D. V. R. T. an einer alten Pforte in ihrer östlichen Mauer, die gedeutet werden „Der Verräterischen Rotte Tür". Der Turm der Dreifaltigkeitskirche, der des früheren Franziskaner-Klosters, (an dessen Stätte jetzt das Gymnasium steht), ihr gegenüber heißt noch heute der Mönchsturm, kurz: der Mönch. Wiederum, wie 60 Jahre vorher, hatten unzufriedene Bürger eine Verschwörung gegen den Rat der Stadt zu dessen Sturze angezettelt; sie trafen sich nachts zur Beratung in dem Hause der Langenstraße 12, dessen Hofausgang durch jene Tür führt. Sie verließen es durch diese immer erst, nachdem der Mönch die Stunde geschlagen und danach der Nachtwächter seine Zeitansage gesungen hatte. Einmal aber schlug die Uhr sieben Minuten zu früh, so daß der Nachtwächter noch nicht an der Gasse vorübergegangen war. Die Verschworenen, vom Glockenschlag irregeführt, trafen also mit ihm zusammen. Er zeigte dem Rate die verdächtige Versammlung an. Die Teilnehmer wurden verhaftet und gestanden ihren Anschlag. Ihrer zehn wurden daraufhin 1527 auf dem Fischmarkte hingerichtet. Zur dauernden Erinnerung daran wurde bestimmt, daß der Mönch immer sieben Minuten vor der Rathausuhr schlagen solle. – (Dieser Sagenstoff ist von Wilh. Wobbermin zu einem Festspiel „Johannes Haß, ein Bürgermeister von Görlitz" verarbeit worden, das 1891 im Wilhelms-

theater wiederholt aufgeführt wurde.) – Wahrscheinlich ist die Bestimmung für die Uhr nur gleichsam als „erstes Läuten“ getroffen worden, um aufmerksam zu machen, daß der richtige Stundenschlag nahe sei.

2. Am Hause der Löwenapotheke, in der Fleischergasse, sieht man oben das Steinbild von Kopf und Oberleib einer Frau, wie wenn sie sehnsüchtig zu einem Fenster hinausschaue, und nicht weit von ihr das eines Mönches mit verzerrten Gesichtszügen. Diese Gebilde erinnern an folgenden Vorgang. Ein durchwandernder Handwerksbursche gelangte beim Abendläuten des Mönchsturms an die Klosterkirche und trat ein, um am Vespergottesdienst teilzunehmen. Übermüdet schlief er ein, wurde vom Pförtner nicht entdeckt und eingeschlossen. Um Mitternacht erwachte er voll Schreck über seine Gefangenschaft. Er suchte nahe dem Licht der ewigen Lampe Trost in seiner Einsamkeit. Da hörte er die Tür sich öffnen, die aus dem Kloster in die Kirche führte, und sah mit Grausen, daß ein Mönch, dessen Holzpantoffeln schauerlich durch die Kirche hallten, ein lebloses schönes Mädchen hereinschleppte, beim Schein einer Blendlaterne eine Steinplatte aus dem Fußboden löste, den Leichnam in die Grube darunter warf, die Platte wieder befestigte und wieder ins Kloster zurückging. Am Morgen aus seiner Haft befreit, erfuhr der Handwerksbursche auf der Herberge, daß seit gestern die Tochter einer Witwe rätselhaft verschwunden sei. Er meldete dem Bürgermeister seine nächtliche Beobachtung, führte die Richter zu der Steinplatte, wo man denn auch die Leiche fand, und erkannte aus der Reihe der Mönche den Schuldigen wieder, der nun gestand, das Mädchen vergewaltigt und erwürgt zu haben. Er wurde für sein Verbrechen im Kloster lebendig eingemauert, spukte aber darin nachts, solange das Kloster stand (1853), bis dann seine Gebeine gefunden und in geweihter Erde bestattet wurden. Von dem Hall seiner hölzernen Pantoffeln hieß er der Klötzelmönch. Ein Barbierlehrling, der sich in den Gängen des Klosters verlaufen hatte, soll ihm begegnet und bald darauf am

Schreck darüber gestorben sein. Der Besitzer des Hauses aber, in dem die Mutter des Mädchens wohnte, ließ deren Abbild daran anbringen, wie sie nach der Tochter ausschaut, ebenso das des Mönches, der ihr Kind ermordet hatte. Von diesem Kloster aus führte ein unterirdischer Gang nach der Landeskrone, der aber vermauert wurde.

3. An dem Hause Ecke Neißstraße und Kränzelstraße befindet sich hoch oben die Abbildung zweier Männer, die einen großen Krug in den Händen tragen. Bis zu dieser Höhe soll einmal nach einem Wolkenbruch im Gebirge die Neiße angeschwollen sein, so daß man aus den Fenstern des zweiten Stockwerks heraus habe Wasser schöpfen können.

Andre sehen in der Darstellung eine Erinnerung an zwei Trunkenbolde, die dort vom Blitze getroffen wurden. Wieder andre deuten sie als Abbildung zweier Böttchermeister, die heimlich nach Prag gewandert seien, um das dortige Bier zu kosten; sie hätten ihren Frauen davon eine Probe mitgebracht.

Noch andre sehen darin ein Gasthofszeichen „zur weißen Kanne"; wo die Ritter von der Landeskrone häufig und lange einzukehren liebten.

4. Die Nonnengasse trägt ihren Namen von der Tatsache, daß die Klosterfrauen von Marienthal bei Ostritz vor den Hussiten dahin geflüchtet waren, als diese am 11. Mai 1427 ihr Kloster zerstörten. Die Nonnen (Cisterzinserinnen), die schon in Marienthal Görlitzer Mädchen in Erziehung genommen hatten, übten auch hier den Lehrberuf in seinen Anfängen aus. Nur ihre Äbtissin Anna von Gersdorf wollte gottvertrauend im Kloster ausharren, mußte aber doch in den Wald jenseits der Neiße flüchten. Auch dort von einem Hussiten verfolgt, wandte sie sich ihm entgegen, und am Anblick ihrer überirdisch verklärten Erscheinung erblindete ihr Verfolger. Die Äbtissin kam dann auch hierher.

5. Die Boggasse war die älteste Straße durch das an dem (nun eingedeckten) Lunitzbache gelegene Dorf

Görlitz, die zum Neißeübergang führte. Ihr Name erinnerte an den „Bog" (slawisch: Gott), dessen Heiligtum wohl in der Gegend der heutigen Nikolaikirche im Walde lag. Der Name der Berge bei Bautzen, Czornebog (schwarzer Gott) und Bielebog (weißer Gott), enthält dasselbe Wort wie die Straße.

6. Der Name Hothergasse wird einerseits von Hutmacher, andrerseits von Hüter (nämlich der Neißbrücke) abgeleitet.

7. Die Ochsenbastei unterhalb der Kahle barg früher die Folterkammer; deshalb spukt es dort. Jammerlaute und bläuliche Flämmchen zeugen davon, daß dort die Seele eines unschuldig zu Tode Gefolterten keine Ruhe findet.

8. Dort war es wohl auch, wo der schwedische Fähnrich Johann Löst am 12. August 1640 den belagernden Kaiserlichen und Sachsen nicht genügend Widerstand leistete und seinen Posten verließ, nachdem er von einem weggeschossenen Balken niedergeworfen worden war. Er wurde deswegen vom schwedischen Obersten Jakob Wanke wegen Feigheit zum Tode verurteilt und auf dem jetzigen Obermarkt standrechtlich erschossen.

9. In einer Bastei, die ehemals am Grünen Graben lag, sollen um dieselbe Zeit zwei ungeheure steinerne Kugeln verwahrt worden sein, die nachts durch spukhafte Hände hin und her gerollt wurden, so daß die benachbarten Gebäude davon erzitterten.

10. Auch der Kaisertrutz schreibt seinen Namen von der schwedischen Verteidigung gegen die Kaiserlichen im dreißigjährigen Kriege her.

11. Ein Jugendbrunnen, deren die Sage viele auch anderswo kennt, findet sich hinter dem heiligen Grabe. Wer darin badete, erhielt ein jugendliches Äußere wieder. Das machte sich ein schönes, aber sehr sündhaftes Mädchen immer wieder zunutze, nachdem es bereits neun Kinder heimlich geboren und getötet hatte. Als sie dort das

zehnte Mal an einem Sonntag ihr Heil versuchte, brachen ihr die Geister der gemordeten Kinder das Genick.

12. Auf den ehemaligen Teichwiesen jenseits des Grünen Grabens erschien oft den Waschfrauen beim Bleichen eine weiße Frau in schleierartigen Gewändern, die sich nach der Teichstraße hin entfernte, wo sie in einem bestimmten Hause verschwand.

Die Bürger.

1. Jakob Böhme hatte schon, als er noch in Seidenberg Schusterlehrling war, ein bedeutsames Erlebnis. In Abwesenheit des Meisters betrat ein Fremder den Laden, den Jakob zu hüten hatte, und verlangte ein Paar Schuhe zum Kauf. Jakob, der sich einen richtigen Handel noch nicht zutraute, wollte den Kunden durch einen übermäßigen Preis abschrecken; dieser aber erlegte ihn ohne Feilschen. Draußen rief er: Jakob, komm' heraus. Der Knabe, verwundert, daß der Fremde seinen Namen kannte, folgte dem Rufe. Der Fremde nahm seine Hand und sprach leuchtenden Auges: „Jakob, Du wirst ein großer Mann werden; die Welt wird sich über Dich verwundern. Viel Not und Verfolgung wirst Du erleiden, aber fürchte Gott und ehre sein Wort; bleibe beständig, denn Du bist Gott lieb und er ist Dir gnädig.“ Jakob hat die Weissagung geglaubt und befolgt und nie vergessen.

Als er, fünfundzwanzigjährig, i. J. 1600 in Görlitz Meister war und schon viel über geistliche Fragen gegrübelt hatte, ist er beim Widerschein eines Zinntellers von göttlicher Erleuchtung ergriffen worden. Er hat dies anfangs für ein Phantasiegebilde gehalten, aber die Kraft, in die Geheimnisse der Natur, der Herzen und der Bibel zu blicken, ist ihm erhalten geblieben. Was er empfand und dachte, hat er in Büchern niedergeschrieben, die freilich die Geistlichkeit damals verwarf, die aber später recht verstanden und gewürdigt wurden. So ist aus einem Schuster ein Philosoph geworden.

An ihn erinnern eine Gedenktafel an seinem Hause Ecke Breslauer und Prager Straße, sein Denkmal am Park und die Straße seines Namens.

2. Gregor Gobius (1598–1658) galt für einen Goldmacher und Zauberer. Seine auffallende Tracht, roter Rock und mächtige Perücke, unterstützten diesen Volksglauben. Er balsamierte die Leiche seiner Frau selbst ein; sie ist auch später in wohlerhaltenem Zustande in der Gruft wieder gefunden worden. Er unterwies auch seinen Diener, ihn nach seinem Tode einzubalsamieren; sein Leichnam scheint sich aber nicht so gut erhalten zu haben.

3. Manchmal bewegt sich nachts ein Leichenzug durch die Stein-, Nonnen-, Brüder- und Peterstraße bis zum ehemaligen Gobiusschen Hause (Peterstraße 13), dann durch die Langen-, Breitestraße über den Grünen Graben zum Nikolaifriedhof, wo er an der Gobius'schen Gruft verschwindet. Der Leichenwagen wird von Pferden ohne Köpfe gezogen und von Männern begleitet, die die Köpfe unter den Armen tragen. Der Zug verursacht ein fremdartiges Gerassel, das die Menschen an die Fenster lockt; sie sehen dann aber immer nur das Ende des Zuges um die Ecke biegen. Aber wohl ihnen, wenn es so ist, denn wer den ganzen Zug sähe, müßte noch im selben Jahre sterben. Gobius selbst soll seinem eigenen Leichenbegängnis aus einem Fenster seines Hauses zugesehen haben.

4. Gobius' Gruft auf dem Nikolaifriedhof ist von einem eisernen Gitter umgeben, an dem ein Ring fehlt. Kein Schmied kann ihn ersetzen, denn er springt in der nächsten Nacht stets wieder ab. (Hier berührt sich die Sage mit der vom Nachtschmied.)

5. Ein Knabe, der in der Nähe von Gobius' Gruft rief: „Gob'sch, Gob'sch, komm heraus!", erhielt von unsichtbarer Hand eine tüchtige Ohrfeige.

6. Gobius' Geist spukte auch in der Nähe des heiligen Grabes, ebenso in den Gängen des ehemaligen Waisenhauses.

7. Gobius' Tochter Ann-Margret war mit dem schwedischen Fähnrich Johann Löst versprochen. Sie hat ihm in der Annenkapelle ein Denkmal setzen lassen, sich aber in der Ehe mit Seyfried Albinus über ihren Verlust getröstet. (Der Stoff ist von Carl Winderlich dramatisch gestaltet und 1925 wiederholt dargestellt worden.) Das Wappen des Ehepaares befindet sich an einem Hause Biesnitzer Straße (860).

8. Der Nachtschmied ist der Name eines Spuks. der unter dem Hause in der Nordwestecke des Obermarktes Nr. 14/15 durch dröhnendes Hämmern sein Wesen trieb. Sein Name soll Volprecht gewesen sein. Er war anfangs ein geschickter und fleißiger Handwerksmeister, nur kümmerte er sich zu wenig um die Kirche. Als er nun aber einen Gesellen einstellte, der zwar häßlich, rotharig, einäugig und lahm, aber ein starker, emsiger und gewandter Arbeiter war, überließ er diesem bald den Betrieb der Werkstatt allein und gab sich dem Spiel und Trunke hin, womit er alles durchbrachte, was der Geselle verdiente. Eines Abends stieg ein schwarzgekleideter Junker mit roter Hahnenfeder auf dem Barett vor der Schmiede ab und bestellte ein schmiedeeisernes Gruftgitter. Er bot einen hohen Preis, bedang sich aber aus, daß es bis Mitternacht des dritten Tages fertig sein müsse. Der Meister beteuerte, er wolle für pünktliche Ablieferung Leib und Seele verpfänden. Der Junker ging auf das Anerbieten ein: wenn der Meister es ihm mit seinem eigenen Blute schriftlich verbürge, wolle er ihm stracks den vierfachen Preis zahlen. Sie tauschten Schriftstück und Geld aus, worauf der Junker verschwand. Als der Meister dem Gesellen den Auftrag gab, machte dieser sich ans Werk und er vermaß sich lachend, es an einen Vormittag fertig zu stellen. Beruhigt gab sich der Meister mit dem vielen Gelde drei Tage lang dem Schlemmerleben hin; erst wenige Stunden

vor Ablauf der Frist erinnerte er sich an seine Verpflichtung. Er eilte in die Werkstatt, fand das Gitter bis auf einen Ring vollendet, aber den Gesellen nicht mehr vor. Er ging nun selbst an die Arbeit, um den fehlenden Ring zu schmieden; aber jedes Eisenstück zersprang unter seinem Hammer. Er erkannte nun, daß höllische Mächte sich wider ihn verschworen hätten. Verzweifelt über seine vergeblichen Versuche, das Gitter fertig zu machen, hörte er Mitternacht schlagen. Sogleich tat sich unter ihm die Erde auf und schloß sich wieder über ihm. In ihrer Tiefe ist er nun verdammt, weiter vergeblich Ringe zu schmieden, bis es einem Menschen gelinge, den fehlenden Ring herzustellen. – Das scheint endlich geglückt zu sein. Auf dem Nikolaifriedhofe befindet sich eine Gruft des Handelsmannes Martin Lufft und seiner Frau Anna geb. Martinius, von 1680, umgeben von einem eisernen Gitter, an dem immer wieder ein Ring fehlte, so oft man ihn auch ersetzte. Endlich seit 1868 hat dieser Spuk, der wohl auf Schelmenstreiche hinauslief, aufgehört. – Auch das unterirdische Getöse, das wohl in Wasserläufen seine Ursache hatte, ist seit Änderung dieser geschwunden. Bis dahin aber hat es viele gescheucht. – Ein späterer Schmiedemeister, namens Hellbrecht, will sogar in einem sonst verschlossenen Keller des Hauses einen Drachen gesehen haben, worauf er bald starb, und an seiner Bahre habe sich ein großer schwarzer Vogel sehen lassen, den niemand fangen konnte. – Ein Schmiedegesell will einst nachts in der Werkstatt einen Hammer selbsttätig haben arbeiten sehen. – Auch Leute, die den fehlenden Ring anzubringen versuchten, seien unheimlich beunruhigt worden, bis sie den Ring selbst wieder entfernten.

3. Rudolf von Habsburg soll, als er noch erst Graf im Elsaß war, auf der Durchreise nach Breslau 1261, aus Mangel an Reisegeld bei dem Görlitzer Tuchmacher Velten Kießling eine Anleihe von 500 Mark auf Manneswort aufgenommen haben. Als er 1273 Kaiser wurde, gab er dem Gläubiger den Betrag verdoppelt zurück. Auch vermählte er Kießlings einzige

Tochter Judith mit seinem treuen Diener Johann Ruffenberger, erhob ihn unter dem Namen von Wolkenberg in den Grafenstand und gab ihm die Grafschaft Wulgen. So führt das rheinische Geschlecht jenes Namens seine Abkunft auf einen Görlitzer Tuchmacher zurück.

4. Im Jahre 1602 erschien dem Gutsvogte Adam Heinrich in Biesnitz ein Mann in glänzend weißem anliegenden Gewande mit der Aufforderung, die Leute zu Buße und Besserung zu ermahnen. Der Vogt wurde darüber vom Görlitzer Bürgermeister Bartholomäus Scultetus und vom Primarius Martinus Moller vernommen. Er sagte aus, sein Auftrag sei unter anderem, die Görlitzer vor üppiger Kleidung, z. B. den kostbaren Halskragen, zu warnen. Man kehrte daraufhin denn auch zu schlichterer Tracht zurück.

Die Landeskrone.

Die Landeskrone hat ihren Namen von ihren zwei Gipfeln; man fand in ihrer Gestalt eine Ähnlichkeit mit der alten deutschen Kaiserkrone.

1. Auf beiden Gipfeln erhoben sich ehemals zwei stattliche Burgen, die i. J. 952 n. Chr. Alois Ziszibor von Biska (Biesnitz), weiland Oberst des longobardischen Regiments unter Kaiser Otto d. Gr., während der Herrschaft des Markgrafen Gero über die Lausitz, sich als Ruhesitz errichtete, nachdem er durch Verlust eines Beines dienstunfähig geworden war. An dem Bau der oberen Burg war schon zwei Jahre lang gearbeitet worden. Da ließ Ziszibor in ihren tiefen Kellern seine ungeheuren Schätze bergen. Als alles an seinem Platze war, kam auf einem mit Geiern bespannten Wagen durch die Luft ein schrecklich aussehender Mann mit rotem Bart und Haar in rotem Mantel herangebraust. An alle Werkleute war der Befehl ergangen, den Meierhof, der schon fertig ge-

worden war, nicht zu verlassen. Der Maurermeister Johann Faust jedoch schlich sich an das Gewölbe des Burgbaus und sah in seinem Keller Ziszibor und den Zauberer. Was er da beobachtet und gehört hat, vermochte er nie anzugeben, da er die Besinnung verloren hatte. Die Werkleute aber hatten ein donnerndes Getöse vernommen und später den Eingang zur Schatzkammer versunken gefunden. Öfters wurden sie nun durch dröhnende Erdstöße so erschreckt, daß sie entlaufen wollten. Aber Ziszibor zwang sie mit Hilfe des Ritters Tugomir aus Budissin, den Bau zu vollenden. Die Lebensmittel für die 150 Bauleute holten wendische Reiter meist gewaltsam aus den umliegenden Dörfern. So wurde mit der Zeit auch die zweite kleinere Burg fertig und das ganze mit einer Mauer umschlossen.

2. Die Landeskrone war lange im Besitz der Bibersteiner. Der Sohn des Herzogs Bretislaw von Böhmen, Siegfried, Markgraf der Lausitz, liebte ein schönes Görlitzer Mädchen jenes Namens, konnte sie aber als Fürst nur im Geheimen heiraten. Er baute ihr ein neues Schloß auf der Landeskrone. Beider Sohn vererbte den Namen der Mutter auf sein Adelsgeschlecht. Siegfried selbst starb, öffentlich unvermählt, und soll auf der Landeskrone begraben sein.

Gleichzeitig bestand auf dem Grunde der heutigen Stadt Görlitz schon ein Dorf namens Gerlois. Da jene Burgen bald die Menge der Bewohner nicht mehr faßten, übersiedelten immer mehr von diesen nach Gerlois, erbauten auf dessen Felshügel eine Stadt und umgaben sie mit Mauer und Graben.

3. Der Schatz auf der Landeskrone war schon dem späteren berühmten Görlitzer Philosophen und Schuster Jakob Böhme aus Seidenberg bekannt geworden, als er noch in jungen Jahren dort das Vieh hütete, wo er bei einem Bauer im Dienst war. Er hatte sich sinnend auf die Höhe verstiegen und war auf den aus rotem Gestein gemauerten Eingang einer Höhle gestoßen. Darin erblickte er einen großen Kübel

voll Gold. Erschreckt durch Erinnerung an das Unheil, das die Hüter verborgener Schätze über ihren Entdecker zu bringen pflegen, widerstand er der Lockung, sich daran zu bereichern. Heimgekehrt erzählte er von seinem Funde, und immer wieder versuchten die Leute, die Stelle zu erforschen, aber niemand von ihnen hat den Eingang der geheimnisvollen Schatzkammer wieder entdeckt.

4. Im 17. Jhdt. erbot sich der bekannte Schatzgräber Bernhard Adelmann aus Forst, den Schatz für den Rat von Görlitz zu entdecken, wurde aber abgewiesen, weil er für sich selbst einen zu großen Anteil forderte.

Ein andrer fremder Schwarzkünstler soll dann den Schatz an sich gebracht haben, er habe aber dadurch den Fluch, der auf dem Golde ruht, auf sich selbst herabgezogen und sei elend zugrunde gegangen.

5. In der Mitternacht des Weihnachtsabends ist der Eingang zu finden und die Tür mit einem Kanzelschlüssel, am besten mit dem der Peterskirche, zu öffnen; doch muß man auch von dort die Altarbibel mitbringen.

6. Der Schatz könnte auch gehoben werden, wenn so viele Jungfrauen sich zusammentäten, daß der Berg durchgesägt werden könne. Darauf bezieht sich der Spott auf ein Mädchen, das einen Freier abweist: „Sie will warten, um zu helfen, daß die Landeskrone durchgesägt wird."

7. Eine Mutter verlor einst ihr Kind durch den Schatz. Sie wanderte mit diesem auf dem Berge umher; dabei fand es den Eingang, lief in die Höhle, rief die Mutter hinein, und diese raffte von den Schätzen möglichst viel zusammen, vergaß aber, ihr Kind mitzunehmen. Erst zuhause erinnerte sie sich an dieses. Sie eilte zurück, fand aber den Eingang nicht mehr. Sie hatte ihr Kind verloren, auch ihr Reichtum zerschmolz ihr unter den Händen, und verzweifelt stürzte sie sich in einen Brunnen.

8. Ein Postillon aus Krischa, namens Matthes, der bis 1826 lebte, holte sich in jeder Johannisnacht von dem Schatze seinen Jahresbedarf. Die Einwohner von Weißenberg boten ihm einmal viel Geld für die Erlaubnis, ihn zu begleiten; aber er lehnte ab.

9. Von der Landeskrone aus zeigte der Teufel dem Herrn einst alle Länder der Erde; er wolle ihm alle überlassen und sich nur das Dorf Rothwasser vorbehalten. Dies ist eine ironische Anspielung auf dessen zum Teil angeblich von Zigeunern abstammende Bevölkerung, die zur Zeit Friedrichs d. Gr. dort angesiedelt worden sein soll und sich besonders mit Pferde- und Holzhandel befaßte, wobei man sich vor ihnen sehr hüten müsse.

10. Als der Teufel von seinem Teufelsstuhl auf der Landeskrone sah, wie der Bau der Peterskirche in Görlitz gedieh, schleuderte er einen Felsblock gegen sie; aber Gott hemmte den Wurf, so daß der Stein unterwegs niederfiel. So liegt dieser Teufelsstein, kenntlich an den Druckstellen der Teufelskrallen, noch nahe bei Klein-Biesnitz.

11. In der Raubritterburg auf der Landeskrone war der Teufel auch gern Teilnehmer am Kartenspiel. Als er dabei einst verlor, schlug er wütend die letzte Karte auf einen Stein, sodaß ihr Abdruck lange sichtbar blieb.

12. Ein Schwein auf der Landeskrone zeigte einst dem Hirtenmädchen aus Pfaffendorf den Weg in eine unterirdische Höhle. Das Tier lief stets aus der Herde weg den Berg hinan und machte das Mädchen begierig, zu erfahren, was es oben suche; so folgte sie ihm denn einmal. In der Höhle sah sie gesattelte Streitrosse und gewappnete Männer, die sie barsch wegwiesen. Als sie ihrem Vater diese Erscheinung berichtete, sagte dieser: „Wenn die Reiter dort oben wieder auftauchen, wird es bald Krieg geben.“ Und diese Wahrsagung ist eingetroffen.

Die nähere Umgegend.

An die große Linde auf dem Nikolaifriedhof sind zwei Sagen geknüpft.

1. a) Das Görlitzer Gericht war als sehr streng verrufen, wie der Spruch besagt: „Kommst du von Görlitz ungehangen, so magst du wohl sagen von guter Zeit.“ So war auch ein armer Knappe, verdächtig als Mitglied einer Raubritterbande, dem Rat in die Hände gefallen. Trotz aller Unschuldsbeteuerungen wurde er zum Galgen geführt. Als er, ein Görlitzer Stadtkind, am Nikolaifriedhof vorbeikam, bat er den Henker um Erlaubnis, am Grabe seiner Eltern ein Gebet verrichten zu dürfen; das wurde ihm gewährt. Dort zog er ein junges Lindenbäumchen aus der Erde, pflanzte es mit den Zweigen nach unten und den Wurzeln nach oben wieder ein und sprach: „So gewiß wie dieses Bäumchen weiter gedeihen wird, so gewiß sterbe ich unschuldig.“ Es geschah, wie er vorausgesagt hatte. Das Bäumchen, das ein mächtiger Baum wurde, bezeugte seine Unschuld nach seinem unverdienten Tode.

b) Der lutherische Pfarrer Martin Moller, der gegen Ende des 16. Jhdts. an der Peterskirche wirkte, war ein milder frommer Mann, der wegen seiner Versöhnlichkeit in Glaubenssachen bei seinen Amtsbrüdern und Kirchkindern in den Verdacht des geheimen Calvinismus geriet. Er fand dafür in der geistlichen Dichtkunst Trost, von der noch Kirchenlieder aus seiner Feder zeugen. Schließlich erblindete er auch noch. Vor seinem Tode gebot er den Seinen, eine kleine Linde mit den Zweigen nach unten in sein Grab zu pflanzen, und so gewiß wie sie weiter gedeihen werde, so gewiß habe er das Evangelium lauter und rein gepredigt. — So tat man, und so geschah es. Daraufhin erkannte man ihm nach seinem Tode das Andenken eines gottwohlgefälligen Pfarrers zu und lebte seinem Wort und Vorbild nach.

2. Der Denkstein am Weinberge. In der Vertiefung zwischen der später aufgeschütteten Straße nach

Leschwitz und den Weinbergshöhen steht ein steinernes Kreuz zur Erinnerung an einen Mord, der dort in folgender Weise geschah. Ein Schlossermeister in Görlitz nahm zu seinem einzigen Kinde Fritz noch zwei Waisen aus verschiedenen Häusern, Robert und Marie, als Pfleglinge an. Die beiden Knaben erlernten das Handwerk des Vaters und gingen dann auf die Wanderschaft, nachdem sie Ort, Tag und Stunde verabredet hatten, sich nach drei Jahren wieder zu treffen, um ins Vaterhaus zurückzukehren. Beide waren fleißig und wurden tüchtig; aber während Fritz seinen Lohn sparte, vergeudete ihn Robert. Gemäß ihrer Verabredung trafen sie pünktlich wieder zusammen und wanderten Anfang Dezember nachts von Leschwitz her auf Görlitz zu. Fritz schwärmte von dem Glück, das ihn daheim erwarte: er werde des Vaters Werkstatt übernehmen und Marie heiraten, Robert aber solle als Geselle bei ihm arbeiten. Neid und Eifersucht trieben nun Robert dazu, Fritz hinterrücks niederzuschlagen und seine Leiche abseits der Straße zu verscharren, ohne Spuren zu hinterlassen. Bei seinem Pflegevater eingekehrt, stellte er sich unwissend über den Verbleib des Erschlagenen. Die Familie betrauerte den Sohn schließlich als unauffindbar verschollen. Robert aber wußte das Vertrauen der Pflegeeltern und der Pflegeschwester so zu erwerben, daß jene ihm Haus und Werkstatt, diese ihm ihre Liebe schenkten. Dreißig Jahre lebte er nun dahin, als Meister geachtet, aber als Mensch nicht geliebt, weil ihn sein Gewissen scheu und schroff gemacht hatte. Nie besuchte er den Hauptgottesdienst, wohl aber immer die Frühpredigt in der Peterskirche, weil diese meist wenig besucht war. Eines Sonntags Anfang Dezember eilte er auch, vermeintlich von dem Glockenschlag sechs geweckt, zur Kirche, fand diese aber geschlossen und vernahm nun vom Turm die zwölf Schläge der Mitternacht. Zugleich fiel starker Schnee. Da fiel ihm ein, daß er am gleichen Tage zur selben Stunde vor dreißig Jahren seinen Pflegebruder erschlagen hatte. Erschüttert kehrte er heim. Am Morgen aber holten ihn die Scharwächter in Haft unter dem Verdacht, die Gotteskästen der Kirche beraubt zu haben, da die einzigen Fußtapfen im Schnee von der Kirche zu seinem Hause führten. Der Einbrecher, der seine Tat vor dem Schneefall vollbracht hatte, wurde zwar entdeckt, aber Robert empfand in seiner vorzeitigen Weckung in der verhängnisvollen Stunde die Hand Gottes. Er bekannte freiwillig die Schuld, die sein Gewissen drückte, führte die Richter an die Stätte des Mordes an seinem Pflegebruder und büßte sein Verbrechen unter dem Richtschwert. Die Gebeine seines Opfers wurden christlich bestattet, und an der Stelle wurde das steinerne Gedächtniskreuz errichtet. (Der Stoff ist als Erzählung und als Drama bearbeitet worden; Verfasser unbekannt.)

2. Ein ähnlicher Mord geschah 1537 in nächster Nähe. Rechts von der Straße nach Leschwitz stand früher auf einer Anhöhe eine Kapelle an dem Orte, wo ein Herr von Üchtritz im Streit seinen Bruder erstochen hatte. Der Mörder eilte nach Rom und erlangte vom Papste Vergebung unter der Bedingung, daß er am Tatort eine Kapelle erbaue, wo Vorüberwandernde für das Seelenheil des Opfers beten könnten.

3. Ein andres Steinkreuz an der Straße Girbigsdorf-Ebersbach erinnert an den Tod eines Herrn von Salza-Ebersbach, den dieser dort im Zweikampfe gegen einen Herrn von Schachmann-Königshain im Dezember 1666 erlitt.

4. Im Jahre 1605 wurde Magdalena Käpin nach ihrer Aussage durch den Teufel von Ebersdorf bei Berlin 26 Meilen weit durch die Luft entführt und vor Görlitz auf der Wiese des Martin Schwegler abgesetzt. Sie fand damit allgemein Glauben und wurde weitherum eine Sehenswürdigkeit.

Die weitere Umgegend.

1. Bei Klingewalde lebt die Schlangenkönigin. Der dortige Junker sah einst im Traume aus dem Bache eine schöne Schlange mit menschlichen Augen und einer rubingeschmückten Krone auf dem Köpfchen jenseits ans Ufer kriechen. Ihn erfaßten Liebe und Sehnsucht nach ihr, und er kam täglich dahin, sich an ihrem Anblick zu weiden. Auch die Schlange begann für ihn zu fühlen und vertraute ihm endlich an, er könne sie gewinnen, wenn er auf einem weißen Pferde mit einem weißen Tuch in der Hand über den Bach setze. Das versuchte der Junker. Schon sah er drüben die Schlangenkönigin als eine schöne Jungfrau mit jener Krone auf dem Haupte ihn erwarten; da schossen von allen Seiten unzählige Schlangen auf ihn los, umringelten Roß und Reiter und rissen beide im Sprunge in die Fluten hinab. Die Jungfrau wurde mit einem Weherufe wieder zur Schlange. Ein steinernes Denkmal, das man nach Auffindung seiner Leiche dort setzte, zeugte lange von dem Geschehenen.

2. Der Steinberg bei Hennersdorf ist auf folgende Weise entstanden. Ein Bauer aus Sohra fuhr nachts einen Wagen voller Steine aus Görlitz heim. Als seine müden Pferde nicht mehr weiter konnten, fluchte er, der Teufel solle ihn holen. Schon stand auch der Böse vor ihm und bot ihm folgende Wette an: Er wolle bis Schlag Mitternacht auf dem Hügel nahebei eine Kapelle bauen; werde sie nicht rechtzeitig fertig, so erhalte der Bauer von ihm reiche Schätze; werde sie aber fertig, so sei dessen Seele ihm verfallen. Der habgierige Bauer glaubte nicht, daß in so kurzer Zeit eine Kapelle entstehen könne, und nahm die Wette an. Mit Schrecken sah er aber, wie sich die Steine von selbst zu Mauern auftürmten. Schon hielt er sich für verloren, da erscholl von der Ludwigsdorfer Kirche herüber der Glockenschlag der Geisterstunde; diese Uhr ging nämlich einige Minuten vor den Görlitzer Turmuhren vor, was der Teufel nicht wußte. Wütend über den

Verlust der Wette schleuderte dieser nach jener Kirche einen Felsblock, der von ihrem Turme die Spitze abriß; deshalb hat dieser keine eigentliche Spitze. Die unvollendete Kapelle aber verwandelte sich in den Steinberg bei Hennersdorf. – Nach andrer Lesart habe Gott den Stein, den der Teufel von der Landeskrone gegen den Bau der Peterskirche schleuderte, über Görlitz hinausgelenkt und in Hennersdorf niederfallen lassen, wo er auch Teufelstein heißt.

3. Ein Reiter ohne Kopf spukt in dunkler Nacht zwischen Görlitz und Hennersdorf, indem er durch wildes Vorbeigaloppieren den Wanderer erschreckt. Er ist der verwunschene Geist eines Görlitzer Gerbermeisters, eines Wüstlings, der einst betrunken auf dem Heimritt beim Gute den Hals brach.

4. Ein Spuk treibt an dem Fußwege von Görlitz nach Hennersdorf an den beiden Eichen nahe der Tischbrücke sein Wesen, indem er den Wanderer irreführt und die Pferde scheu macht. Es ist der Geist eines fleißigen Böttchergesellen, der dort von seinem gewissenlosen Meister in die Neiße gestoßen wurde, weil dieser das Spargeld des Gesellen im Trunk und Spiel unterschlagen hatte. Als der Geselle es zurückverlangte, weil er auf Wanderschaft gehen wollte, lud der Meister ihn ein, ihn nach Hennersdorf zu begleiten, und ertränkte ihn.

5. Der Koberprinz in der Görlitzer Heide war ein Fürstensohn, dessen Geschichte folgende ist: Im Jahre 1243 kam der König Wenzeslaus I. von Böhmen mit seinem fünfzehnjährigen Sohne Boleslaus zum Herzog Boleslaus von Schweidnitz, der eine zwölfjährige Tochter Elisabeth hatte, um die beiden Kinder miteinander zu vermählen. Die Ehe wurde eingesegnet, aber die Hochzeit sollte wegen der großen Jugend des Paares noch fünf Jahre hinausgeschoben werden. Der Prinz blieb am Hofe des Herzogs, um deutsch zu lernen, er wurde zusammen mit seiner Braut von einem Görlitzer, Melchior Staude, unterrichtet. Aus dem Ehestandspielen wurde aber ernst. In der Angst vor Endeckung bewogen sie den Herzog, sie mit ihrem Lehrer in dessen

Heimat auf Reisen zu schicken. Das geschah. In der Görlitzer Heide aber entwischten sie ihrem Begleiter, und in der Hütte einer armen Frau gab Elisabeth einem Söhnlein das Leben. Sie hatten vorher die Frau in die Stadt geschickt, um einzukaufen. Gleichzeitig aber waren Görlitzer Bürger in die Heide gefahren, um Holz zu kaufen. Den Wagen hatten sie mit ihrem Kober voll Eßwaren stehen lassen. Schnell vertauschte der Prinzvater diese mit seinem neugeborenen Söhnchen. So fand es einer der Görlitzer, der Tuchmacher Balthasar Ölsner. Da er kinderlos war, nahm er den Findling seiner Frau mit, und diese erzogen ihn unter den Namen Friedrich zu einem frommen Knaben. Unterdessen hatte das junge Elternpaar wirklich Hochzeit gehalten und einen zweiten Sohn bekommen; sie konnten aber ihren erstgeborenen nicht vergessen. Und nach neun Jahren reisten sie nach Görlitz, wo sie vom damaligen Bürgermeister Ölsner feierlich aufgenommen wurden. Als sie nun dessen Pflegekind Friedrich erblickten und seine Geschichte hörten, bekannten sie sich als seine Eltern.

Papst Clemens IV. entschied, daß Friedrich als vollbürtiger Prinz anerkannt werde, da die Ehe ja rechtsgiltig eingesegnet gewesen sei. Ölsner wurde reich belohnt, und die Tuchmacherinnung erhielt große Vorrechte, auf der ihr späterer Reichtum beruhte. — (Die – übrigens ungeschichtliche – Sage von dem im Kober gefundenen Prinzen wurde 1714 dramatisiert von den Schülern des Görlitzer Gymnasiums wiederholt aufgeführt.)

6. Bei Lissa führt eine Schlucht den Namen Mordgrund, weil der Wirt einer einsamen Schenke, namens Langerhans, dort vielfach Nachtgäste ermordete und verscharrte. Dabei belauschte ihn einst eine Magd aus Penzig. Georg Emmerich faßte den Mörder 1494, dieser aber beging Selbstmord. — Andre deuten den Namen auf die Raubritteruntaten der Herren von Penzig und Sohra.

7. Der Läusebrunnen am Fußweg von Görlitz nach Moys hat seinen Namen nicht nach jenem In-

sekt, sondern vom slawischen „Luza" (schlesisch: Lusche = Lache), wonach auch die „Lausitz" (d. d. Teichland) heißt. Andre sagen, er heiße nach seinem Erschließer, dem Vorwerksbesitzer Lausnitzer. Vielleicht bedeutet es auch gar nur „Leisebrunnen". Ein Kreuz zeugte früher von Morden, die dort 1583 und 1682 geschehen sind.

8. Die Herrenwiese bei Cunnerwitz war einst Gegenstand eines Rechtsstreits zwischen dem Kloster Marienthal und ihrem Nachbar. Dieser bestach seinen Knecht Ruprecht zu einem Meineid zu seinen Gunsten. Dieser schüttete Erde vom Grundstück seines Herrn in seine Schuhe und steckte sich einen Schöpfer (Löffel) auf den Hut, dann schwur er, auf dem streitigen Stück Land stehend: So wahr ein Schöpfer über ihm sei, stehe er auf Grund und Boden seines Herrn. — Da tat sich die Erde unter ihm auf und verschlang den Trugeidigen vor den Augen der Richter.

9. Der Name Schlauroth wird als „Schlaue Rotte" gedeutet, weil die Römer hier, von den Germanen besiegt, auf der Flucht den Pferden die Hufeisen verkehrt angeschlagen hätten, um die Verfolger irre zu führen. Der Ort hieß wohl ehemals „Slavjehrad" d. h. Slawenburg, woraus der heutige Name wurde.

10. Der doppelgipflige Jauernicker Hügelzug trug einst auf seinem niedrigeren Teil eine doppelt umwallte Burg, wohl an der Stelle einer altheidnischen Opferstätte. In der Zeit des Kampfes zwischen beiden Religionen kam der Böhmenkönig Wenzeslaus I. mit seiner frommen Gemahlin zur Jagd dorthin. Da brach ein so schreckliches Unwetter über ihnen los, daß die Königin in Tränen ausbrach. Ihr Gemahl tröstete sie mit dem Worte: „jaure nick", d. h. „weine nicht", und mit dem Versprechen, für ihre Rettung dort eine Kapelle zu bauen. Das geschah. Davon nannte man den Ort Jauernick. Er wurde, da er bis 1805 einen Knochen des heilig gesprochenen Königs Wenzel als Reliquie enthielt, jahrhundertelang von böhmischen Wallfahrern

besucht. Ein Pfarrer, von Salza, kam sogar auf den Bischofsstuhl von Breslau.

11. Das Granitgebirge von Königshain liegt uns schon zu fern. Es barg ehemals heidnische Opferstätten, später ein Schloß des Herzog Hans. (Der Eisenbahnviadukt über die Neiße ist aus seinen Steinbrüchen gebaut.)

12. Das ehemalige Jagdhaus in Ebersbach beherbergte 1389 den Herzog Hans von Görlitz, den die Bürger wegen seines zügellosen Treibens im Schlosse von Görlitz, — das sich vom dicken Turm bis zum Klosterplatz erstreckte — vertrieben hatten. Auf einer Bodenwelle zwischen beiden Orten, die noch heute ein Stein bezeichnet, soll der Herzog der Stadt eine unartige Gebärde gemacht haben. Der Herzog hat sich aber mit der Stadt wieder vertragen. Er war von hier aus zur Schlichtung der Wirren zwischen seinem Bruder, Kaiser Wenzel von Böhmen und dem Adel unermüdlich tätig. Auf einer Wallfahrt von hier zum heiligen Blut in Wilsnack starb er jung auf rätselhafte Weise 1396 im Kloster Neuzelle, vermutlich an Gift. (Dramatisiert von Carl Winderlich, wiederholt aufgeführt 1924.)

Tierspuk.

1. In jeder Heiligen Weihnacht streifte ein angeblich dreibeiniger schwarzer Hund durch die Straßen. Er entstieg einem Kanalloch im Straßenpflaster am ehemaligen Jakobshospital, kam durch das Frauentor in die Stadt, lief durch die Steinstraße, Breitestraße oder Verrätergasse, Langenstraße, Fleischerstraße und verschwand wieder in einem Kanalloche an der Vereinigung der Jüdengasse und Büttnerstraße. Die Wächter am Frauentor ließen daher dieses in jener Nacht stets offen. Auch den Neulingen unter der Wachmannschaft wurde befohlen, dies zu tun. Ein solcher aber, der an den Spuk nicht glaubte, hielt das Türchen im Tor absichtlich geschlossen. Da übersprang der Hund glühenden Auges

das Tor, und am Morgen fand man den Wächter besinnungslos, sein Gewehr aber schraubenartig zusammengebogen. Der Mann lebte nur noch drei Wochen und hat nie enthüllt, was ihm in jener Nacht zugestoßen ist.

2. Ein feuriger Pudel wurde lange und von vielen um Mitternacht in der Gegend zwischen dem heiligen Grabe und dem Kidronbach gesehen, wo er die Vorübergehenden glühenden Auges anfletschte.

3. Ein weißes Pferd wurde auf dem ehemaligen Frauenkirchhofe öfters in der Nähe einer bestimmten Gruft beobachtet, und wirklich fand man später in ihr ein Pferdegerippe. Man erklärt diesen Fund dadurch, daß (1813) ein Kosakenpferd, das sein Herr dort weiden ließ, sich in jene Gruft verirrt habe und verendet sei, während man es für gestohlen oder entlaufen hielt. Daß man, – in Erinnerung an den altgermanischen Brauch, zur Weihe von Begräbnisstätten ein Roß, Wotans und Hels heiliges Tier, zu vergraben – das Pferd aus Aberglauben absichtlich eingescharrt habe, erscheint für diesen erst später angelegten christlichen Friedhof wenig wahrscheinlich.

4. Der Ritter Hans Elvil in Gerlachsheim hatte ein Zauberpferd, das die Gabe besaß, die Feinde seines Herrn auf weithin zu wittern und ihn durch heftiges Scharren mit den Hufen zu warnen. Deshalb konnten ihm auch die Görlitzer, mit denen er in Fehde lag, nie etwas anhaben. Er ritt sogar unerkannt in die Stadt, kaufte sich Schuhe und rief beim Hinausreiten höhnisch: Hans Elvil ist dagewesen. Er belagerte sogar die Stadt, die, weil ihre Mauern noch zu niedrig waren, in große Gefahr geriet. Da taten sie am Tage des heiligen Hippolyt diesem das Gelübde, an diesem Tage immer zu fasten. Und sie haben es lange gehalten.

5. Wiederholt ist der Tod bedeutender Bürger von Görlitz von Vorzeichen verkündet oder begleitet gewesen.

Als Georg Emmerich am 21. Januar 1507 starb, verschwand die eiserne Tür des von ihm erbauten heiligen Grabes und wurde erst später in einem Teiche wiedergefunden. – Wenn auf dem Altar eine Kerze erlosch, wurde das auf den nahen Tod eines Ratsherrn gedeutet, das ist 1649 und 1671 eingetroffen. Auch den Tod eines Primarius zeigte 1694 das Erlöschen einer Altarkerze richtig an. Und als 1614 ein andrer Primarius starb, riß der Glockenstrang während des Läutens.

6. Das Herannahen der Pest, die 1585–86 sechs Monate lang wütete und 2300 Menschen dahinraffte, wurde aus dem Fortzug der wilden Gänse mitten im Sommer, aus dem vielfachen Hundegeheul und aus einem Blitzschlag ins Rathaus zu ungewöhnlicher Jahreszeit (Februar) geschlossen; auch unerträglicher Schwefelbrandgeruch ging ihr voraus.

Pflanzenzauber.

1. In der Umgegend von Görlitz wächst das Kräutlein Sonnentau, ein schlichtes Pflänzlein mit purpurroten Blütchen, aber eine Wunderblume, das auch bei größter Hitze nicht vertrocknet, vielmehr gerade dann tauähnliche Tröpfchen absondert. Es hat die wunderbare Eigenschaft, Gift in einem Getränk festzustellen, denn das Glas, das es enthält, springt und der Metallbecher schäumt über, wenn man die Pflanze hineintut. Einem Besessenen um den Hals gehängt, treibt es den bösen Geist aus. Ermüdende macht es wieder frisch und stark. (In Wirklichkeit ist es „Drosera", eine durch klebrigen Saft Insekten fangende Pflanze.)

2. Blutiges Wasser wurde im November 1630 und im Januar 1631 auf dem Eis des Grabens vor dem Reichenbacher Tor gefunden, doch geschmolzen ergab das Eis ganz klares Wasser. Das wurde als Vorzeichen der Besetzung der Stadt durch die Kaiserlichen im Oktober desselben Jahres gedeutet.

3. Schwefelregen fiel im Mai 1622; darauf trat große Teuerung ein.

4. Körnerregen trat 1571 und 1606 ein, so reichlich, daß daraus Mehl zu Brot gemahlen werden konnte.

Sonstiger Zauber.

1. Im Mittelalter glaubte man allgemein an Mittel, mit denen man sich hieb- und stichfest machen konnte, so: Moos vom Kopfe eines Hingerichteten auf die eigene Kopfhaut genäht; eine Kugel, mit der jemand erschossen wurde, auf dem Leibe getragen; Brotkügelchen, über denen Messen gelesen worden waren, verschluckt; Mannsfelder Taler von 1611 und 1613 mit dem Drachentöter Sankt Georg und dem Schifflein Christi um den Hals gehängt; ein von einem Mädchen unter 7 Jahren gesponnenes, gewebtes und in Kreuzstich genähtes Hemd, über dem Messen gelesen worden waren. Auf irgend ein solches Amulett verließ sich auch ein schwedischer Soldat des Obersten Wanke in Görlitz, als er 1640 wettete, unverwundbar zu sein. Er befestigte seinen Degen so an der Wand, daß er sich gegen die Spitze stürzen konnte, tat dies auch, wurde aber von ihm durchbohrt. Man sah darin ein Werk des Teufels und verscharrte dessen Opfer auf dem Schindanger.

2. Man sagte den Henkern allerlei geheime Kräfte nach. Das erfuhr ein Bauer aus Horka, Valentin Dominus, 1582 am Görlitzer Henker. Er hatte mit diesem um Pferdekadaver einen Streit, in dem der Henker Strafe erhielt. Dafür zauberte dieser ihm so tiefe Schwermut an, daß er sich selbst erstach.

3. Im Jahre 1639 gab ein Weib aus Görlitz, die alte Babe genannt, an, ihr habe bei Deutsch-Ossig ein grauer Mann geweissagt, in neun Tagen werde die Welt durch Feuer vom Himmel untergehen. Daraufhin entstand in Görlitz große Angst; anderswo glaubte man Görlitz bereits untergegangen. Als es aber ruhig weiter bestand, wurde die alte Babe ausgewiesen.

4. Eine alte Frau war als Hexe verdächtig, leugnete aber standhaft, eine solche zu sein, gestand jedoch, einen Zauberspiegel zu besitzen, der ihr den Verbleib gestohlener Sachen anzeige. Sie wies nach, mit dessen Hilfe i. J. 1654 silberne Löffel wiedergefunden zu haben, die bei einer Hochzeit verschwunden waren. Sie wurde deshalb nicht verbrannt, sondern nur ausgewiesen.

5. Eine zweijährige große Teuerung, 1538–40, wurde durch Erscheinen eines Schwertes am Himmel und durch Feuerregen angekündigt. Auch 1660 wurde ein blutiges Schwert am Himmel gesehen, doch ist von unheilvollen Folgen diesmal nichts berichtet.

6. Ein blutiges Kreuz am Himmel i. J. 1545 wurde als Vorzeichen des für Kursachsen so verhängnisvollen Schmalkaldischen Krieges und des für Görlitz so unheilvollen Pönfalles gedeutet.

Nachträge.

(S. 3.) „Hainwald" ist wohl Übersetzung von Drewno.

(S. 4.) „Brandstätte" deutet wohl darauf hin, daß die ersten Ansiedler den Wald durch Brand rodeten.

(S. 4.) „Kahle" bedeutet wohl „Kahle Aue" als Gegensatz zu Hainwald.

(S. 4.) „Konsulstraße" geht auf Konstantins- (Konstens-) Dorf zurück.

(S. 15.) Das Haus des Jakob Böhme trägt jetzt die Nummer 12 Prager Straße und ist nicht Eckhaus.

(S. 16.) Das Haus Biesnitzer Straße 860 steht nicht mehr; heute steht Nr. 36 auf jener Stelle.

Stadt ist Görlitz seit etwa 1220, wenn auch schon um 1130 eine Schanze um das Dorf Drewno bestand.

Berichtigung: S. 9, Z. 12 v. u. lies „gehangen" für „gehängt".

Inhalt.

(78 Nummern)